猫笑う

長嶋南子 nagashima minako

思潮社

長嶋南子詩集

猫笑う

長嶋南子

思潮社

目次

装画＝夢人館シリーズ6『ゾンネンシュターン』より転載
装幀＝思潮社装幀室

猫笑う

小判草

布団に入って目をつむると
無人になった実家に帰っている

錆びついた門扉をあける
小判草がびっしり生えている
玄関の鍵をあけ座敷にあがる
母が漬けた鉄砲漬けが皿に盛られている
あの男といっしょになってはいけない
母がきっぱりいっている
腕組みをして黙っている父
いやなことはいつも母にいわせる

泣いている若い女
ずっとむかしのわたしだ
大丈夫だよ　あの男とうまくやっていけるから
そっと近よって耳打ちしてやる
あの男との結末もわかっているが教えてやらない
楽しんで苦労すればいい
よけいなことをいうのは誰と母が顔をあげる
またおこられてしまったと庭に出る
小判草が床下にもはびこり
あれはじゃらじゃら
家を食べて増え続けている
わたしのからだのあちこちから
小判草がじゃらじゃら

布団のなかでも
じゃらじゃら
うるさくて眠れない

冬至

布団から顔を出して寝ているのは
おばあさんとおばあさん猫です
おばあさんはきのうまでおかあさんと呼ばれ
もっと前には娘さんともおねえさんとも呼ばれ
もっともっと前にはミナコちゃんと呼ばれ
あさってごろにはホトケさんと呼ばれるのでしょう
いまでは生まれた時からずっとおばあさんで
猫と暮らしていたような気がします
おばあさんはいつも猫に話しかけています
猫だって話しかければちゃんと返事をするのですよ

おばあさんの隣にはきのうまで
夫と呼ばれる人が寝ていました
夫はおとうさんともアンタとも呼ばれ
いまでは「あのひと」といわれて
押し入れのなかに骨をたたんで眠っています

猫はおばあさんの右腕を枕に
ゴロゴロのどをならしながら
おばあさんの顔をなめまわしています
すっかり年をとって猫はシソーノーローになって
くさい息を吐きかけます
むかしはにゃん子と呼ばれ
あさってごろには化け猫になって
おばあさんの布団に入ってくるのでしょうか

いまにも降りそうな夕方

女手ひとつでは薪割りも大変でしょう
と遠くからよそのおじいさんが通ってきました
あまり遠いのでおじいさんは家に帰れなくなりました
二人で寝れば暖かくなるからといって
布団に入ってきました
おばあさんは猫になって
よそのおじいさんの右腕を枕に寝ています
隣に寝ているおじいさんを
なんと呼べばいいのかもじもじしています

目覚めると
隣にいるのはいつものおばあさん猫でした
くさい息を吐きかけながら
おばあさんの右腕を枕に寝入っているのです

雪が降ってきました

いちじく

いちじくの実を割ると
そこはわたしのかくしどころです
そこには〈ふしだら〉
ということばが書き込まれています

妻子ある男と住んでいるなんて　と
父と母になじられています
はだしで座敷を飛びだし
いちじくの木の下で泣いていた
あの娘はどこにいったのでしょう

父も母もいなくなった家の裏庭で
井戸のそばのいちじくは
ことしもたくさん実をつけていることでしょう
実をつけたなら落ちるしかないのです
誰も住まなくなった家は朽ちるしかないのです
女もまた朽ちるしかないのです
温かいからだはもうかたわらにいません

いちじくをもうひとつ割ると
実のなかで
ふしだらな娘が笑っています
スカートをたくしあげて

もやしを炒めていると

ＮＨＫが教えてくれた
歯ざわりシャキシャキのもやし炒めは
弱火でゆっくり炒めること

弱火でゆっくり炒めているあいだに
父も母もきょうだいも夫も子どもも
親せきのおじさんおばさん
みんなどこかにいってしまって
シャキシャキ
シャキシャキ

台所の壁の向こうにもうひとつの家があって
向こうの台所で女がもやし炒めを作っている
ただいま　という声
見知らぬ男が靴を脱いでいる
座敷にあがりこんで食卓を囲む
男の子もふたりいる
男も子どももおかあさんといって話しかけてくる
ふり向いた女の顔
あれ　わたしではないか
そうか　わたしはあちらで家族をやり直しているんだ

子どもはわたしが生んだ子ではないので
好きなだけ猫かわいがりをする
やり直しの夫に手を握られ抱きしめられて
うれしそうな顔をしている
壁のこちら　誰もいない部屋で

女がひとり寝息をたてている
シャキシャキ
音が聞こえる

産み月

真夜中目覚める
息をしているのはわたしと猫
目をつむる

見たことがある男がいた
ツレアイだった
ぐずな男だったから
河原をウロウロしている
とまどった時の子どもの顔つきのままで
早く川を渡って

すきなところへ行けばいいのにといってやる
おまえが決めてくれだって

天井がきしむ
猫が顔を上げききみみをたてている
うす明かりのなかに誰かいる
そんなところにいないでそばにおいで
声をかける
すっとわたしの口のなかに入る
飲み込んでしまった
腹がふくらんできた

ずっと
大きなおなかを抱えている
ツレアイはまだ生まれない
産み月はまだだ

散歩

仕事をやめた
まいにち散歩するしかない
家々の裏側沿いの遊歩道を歩いている
どこの家にも裏側はある
積み重ねられている
箱や植木鉢　こわれた自転車　たくさんの空きビン
すきまに咲いている
どくだみ　ひめおどりこそう　いぬのふぐり
羊がつながれて草を食べている

歩きつかれて草の上にねころぶ
わたしの裏側に陽があたる
　仕事のかえりよその夫に
こっそり会っていた
友だちはねたみながらほめたおし
親を捨て
　生まれなかった子の年をかぞえ
羊がわたしのからだを食べはじめる
草食なのにね

羊はおいしそうに食べている
いいことたくさんしてきたので
わたしのからだは味がいい
いぬのふぐり
風がわたしのからだを
吹きぬけていく
いぬのふぐり

猫じゃらし

退職してから
近所をぶらぶらしている
かどを曲がったら原っぱが広がっていた
猫じゃらしがところどころ生えている
猫が足元にすり寄ってくる
仕事にいかないのだから
靴もストッキングもいらない
はだしで草を踏む
気持ちがいいので服も脱ぐ
はだかで草の上にねころがる

背中がチクチクする
猫が胸の上にのってくる
わたしの乳房をもみしだく
のどを鳴らしながらひっかく
爪あとはミナコと読める
わたしってミナコだったか
そんな名前で誰かに呼ばれていた
猫じゃらしを
じゃらじゃらさせて猫と遊ぶ
勤め人だったわたしを
おおうものはもういらない
からだに風がしみる
猫じゃらしが足元でゆれている
いつまでもはだかではいられない
原っぱを出ようとしたら
足が地面にうまってしまって動けない
ここに根付いてしまうのか

猫じゃらしになって
ゆれている

ホータイ

仕事をやめてずっと家にいる
猫にむかってひとりごとばかりいっている
夕方買い物にでかけてころんでしまった
腕から血がにじみ出て
みてみてこんな傷が
声高に男にみせホータイをまく

傷はいつのまにか治って
けれど皮膚　シミが浮いて張りがなく
首すじにはシワ　口もとにも

こんなからだ誰にも見せられない
それではとまたホータイをまく
男が寄ってきてどうしたのと聞いてくれる

ホータイなしではいられなくなる
見慣れてくると何もいわれない
反対側の腕にもまく
ふくらはぎ　首すじにも
男が寄ってきて
かわいそうにと抱きしめてくれる

全身にホータイをまくようになった
男が寄ってきて
気味悪そうに通りすぎていく
猫がすり寄ってきて匂いをかいでいく
息ができない
内側から干からびていく

階段

トレイを持ってカフェの階段をのぼる
つまずいてはいけない　と身構えたとたんつまずく
アイスコーヒーと氷があたりいちめん
手を出してくれた男がいたので
つかんで立ち上がる
いっしょに朝ご飯を食べる
あしたはまた階段をふみはずして
つまずいたらこの男とも
別れることになるだろう

別れては引っ越しを繰り返してきた
競馬場で手をつないで歩いた（孕まなかった）
車なのに決して家の前まで送ってくれなかった（孕まなかった）
カレーライスが無性に食べたくなった（孕んだ）
子どもは生んでみたり
生まなかったことにしてみたり

あさっては何もおこりそうもないので
カフェの階段でつまずいてみる
アイスコーヒーと氷があたりいちめん
誰も手を貸してくれない
お店の人がモップを持ってとんでくる
あさってからはいっしょに朝ご飯を食べてくれる人がいない
わたしは男運がいいはず
好きな男だって早く死んでくれたじゃないか
しあさってになれば

糸みみず

糸みみずが目のなかに入ってきた
ぐにゅぐにゅぐにゅ
そんなに無理しちゃ痛いじゃないの
やめて　変な気持ちになるよ
あー　入っちゃった
目のなかを泳いでいる
糸みみずだと思っていたけれど
死んだ夫の「あれ」にちがいない

わたしは起き出して買い物にいく
服　靴　鞄　男　つぎつぎ手にとり値札をみる

無駄遣いばかりしてと「あれ」がいう
難癖つけられて買う気が失せる
家に帰ってテレビをみる　いちいち講釈する
北千住駅前丸井食品売り場の見切り品を食べる
しみったれたものを食べているなといちゃもんをつける
友だちの長電話には
女子と小人はなあ……　ぶつぶついっている
おまえの目はいつまでたっても節穴だって
うるさくてしかたがない

目のなかに「あれ」が住みついている
つべこべいってもほっておく
節穴はやることがいっぱいあって忙しい
きょうは別の夫に会いにいく
目のなかの「あれ」が動きまわって
ぎゃあぎゃあ騒いでいる
ムクムク大きくなってはじける

スカート

仕事では
ズボンをはき通しだった
スカートにきりかえる
風にすそがひらひら

スカートのなかに
骨の夫もよその夫も
別れた部屋の合い鍵も
耐火金庫や猫だって
みんなかくしている

足を組んで腕組みしない
ズボンに慣れきっていたので
うまくかくす練習をしている
かくすものによっては
丈を短くしたり長くしたり
もの欲しそうな顔は
かくしきれなかった
修行が足りない

菊人形

おじいさんとおばあさん
公園で菊人形を見ている
モモタローとおともの犬の

むかしおじいさんは仕事が終ると
まっすぐ家に帰っていた
夕方いつも同じ時刻に玄関の引き戸があく
モモタローみたいな男の子がふたり
おかえりなさいと足元にまとわりつく
ついきのうのことのよう

モモタローは鬼退治に行くといって
家をでていったまま
根性なしだから
ミヤコで浮かれているに違いない
いまでは
おじいさんはおばあさんの行くところ
どこへでもあとからついていく
忠実な犬

おばあさんは思っている
おじいさんひとりでは家においておけない
早くおじいさんにお迎えがこないかしら
機嫌よく黙ってあちらに逝ってくれればいい
お迎えがきたら
おじいさんのからだ菊の花でいっぱい飾って
菊人形にしてあげよう
犬よりは猫が好きとおばあさんはつぶやく

箸

夜中
おなかが空いて目覚めた
炊飯器に手をつっこんで
ご飯をにぎって食べる
台所で立ったまま
箸はつかわない
どんどん人ではなくなっていく
そのうち手もつかわなくなり
そのうち口だけで
ねこみたいに

台所でひとり
手づかみで食べている
口をパカンとあけて
ねこが足元にすり寄ってきて
えさをねだっている
ねこ
そこで立ち食いしているのは
わたしではないのだよ

鳩時計

子どもができたら
鳩時計を買おう
六畳一間に七人家族
少女は夢みていた

子どもが生まれた
鳩時計を買った
窓から鳩が飛びだして鳴く
みあげる赤ん坊の目
それをみている女の目

鳩が鳴かなくなった
おもりにはうっすらとほこりが
赤ん坊はいつのまにか大きくなり
家を出たり入ったり
時々カネカネ　カネカネ　と鳴く
鳩はどこかへ飛んでいった

隣の空き地に家がたった
若い夫婦が赤ん坊抱いてあいさつにきた
しあわせそうな奥さんの肩に
あの鳩がとまっているではないか
鳩は女をちらっとみてそっぽをむく
薄情なやつだ
どうせまたどこかへ飛んでいく

かいまき

祖母は若いころ織っていた
絹のたてじま
青大将が住んでいる
うす暗い納屋で
ひっつめ髪の後家の祖母
めったにない外出には
首をすっきり立ててこれを着て

母にうけつがれた絹のたてじま
いつしか袖口がすり切れて
かいまきに縫い直された

くるまれて子どものわたしは眠っていた
蛇に抱きすくめられる夢をみる
からだが熱くなるのだった

綿はぺちゃんこ
襟のビロードは毛羽立ち
かびくさくなって
家の押し入れにある
子どものころ見た蛇の夢を全部すいこんで
誰も使わなくなったかいまきを
小さく切りきざむ
ゴミにしてひと山

納屋はとっくの昔に解体された
それなのにまだ蛇の夢を見る
うろこが一枚ずつからだに張りついていく
熱くなる

浴衣

タンスの底にある
白地に藍色の花もようの浴衣
三十年来いちども手を通したことがない
これを着て
好きな人と連れだって歩くことはなかった
金魚すくいの網は見あたらず
下駄の鼻緒にこすれることもなく
枝豆もいっしょに食べなかった

とおに手の届かないむかしになってしまって

浴衣にまつわるものがたりは
ひとつもない
それでもご飯はしっかり食べて
ときどき茶わんを割ってお皿を割って
そのたびにあたらしいものがたりが生まれ
なにも生み出さなかった浴衣は
寝間着にでもするしかない
前がはだけて
あられもないかっこうになるけどね

ねこ

みなこちゃんの老いた母親はねこになった
終日こたつに入っている
口を開けて居眠りしている
ときどき話しかけて遊んでやらないと爪を出す
あたりに毛をまきちらし

ねこちゃん
どこか行きたいとこあるか食べたいものあるか
どこもいかない何もいらない
お昼は猫缶開けようか

みなこちゃん　あたしゃねこじゃない
それじゃおかかご飯食べようか
それは猫が食べるもの人が食べるものではない
財布を出してお札《さつ》をかぞえている
朝から三回目

こたつの中から家の様子をじっとみつめている
みなこちゃん
おまえの家は変だ　だれも何もしゃべらない
ごめんね　ねこちゃん
わたしの背中がまるくなって
のどをゴロゴロ鳴らせるようになったら
こたつの中でいっぱい舐めてあげるから
もう少し待って

目覚めてまたお札をかぞえている　四回目
猫にも小判はいるの　ねこちゃん

お昼ご飯はまだかな　みなこちゃん
あしたの分もあさっての分も食べたいから
早くならべておくれ

くじら尺

お針屋のおっしょさんの大切なもの
くじら尺と内縁の夫
針をチクチクおっしょさんは夜なべ
手のおそいもらいっこの娘を
ピシャリとたたく　くじら尺で
たたかれた夜　娘はふとんの中でしのび泣く
泣くことはないと内縁の夫が
娘のふとんに入ってくる
おっしょさんの大切なもの
くじら尺と内縁の夫

ふたつとも盗んで娘は家出
遠くの町で賃仕事
もってきたくじら尺で寸法をはかり
そばでは内縁の夫が新聞を読んでいる

マッチ

マッチをする
新聞紙をまるめて薪をのせる
お釜の蓋のすきまから蒸気があがる
ちゃぶ台があらわれる
小さなきょうだい六人
父母を囲んで夕飯を食べている
わたしたちは
どんな呼び名で呼びあっていたか
父の法事で集まったきょうだいたち

同じ釜からご飯を食べていた
呼び名だけは昔どおりで
口を開けば一触即発の危機
老いた母を誰がみるかはいわない
正当的なマッチのラベルには
安全第一と書いてある
ライターでたばこに火をつける
マッチは使えない

きょうだいの胸のうちで
マッチがすられている
一瞬の静寂

かさぶた

子ぶたをもらった
なんでもよく食べるので
すぐに大ぶたになった
どこへでもついてくる
トイレも風呂もドアの前で待っている
抱いて寝ている
ひとり寝の肌さみしさがなくなる
もう　ぶたがいないと寝られないくらい
ときどき押しつぶされそうになるけれど
ぶたや　ぶたや　といっていちにちが明け暮れる

けれど　ぶた
家中おしっこやうんこをまき散らす
臭くて汚いので外に出す
雨がふってきてずぶぬれぶた
かわいそうだから笠をかぶせてやる
笠ぶただ
うらめしそうな顔をして
窓からのぞいている
ついかわいそうになって家に入れる
ぶたにやる芋を切っていたら指を切ってしまった
走り寄ってくるぶた
傷口をなめまわす
あっという間に
かさぶたになった
翌日にはポロリとはがれた
とって食べた

ところてん

レジに列をつくりお盆かかえて
つぎつぎに店の中に吸い込まれていくのであります
時間がくると　突き棒で押し出されて
細くなってぐにゅぐにゅ～

押し出され　カイシャにいって
うつわに盛られて誰かに食べられております
きのうわたしはきれいに食べられて
カイシャを押し出されたのでありました
窓際に座ってショルイをみているのは

わたしではないのですが
わたしのようでもあります
ぐにゅぐにゅぐにゅ
とおいとおいところに向かって
のぼっていくのであります
それはわたしではないのですが
わたしのようでもあります

誰かが　はるかにとおいところで
箸をもって待っていて
食べつくされるのであります
辛子ちょっぴり喉ごしつるりと　きざみ海苔も香ばしく
ところてんが空から
降ってくることはないのであります

指

指を切ってさし木する
もう卵をうめないからだなので
ひとり暮らしの気がまぎれる
根付いて指人形みたいなものが
ゆらゆらしている
水やりして栄養剤を注入して
玄関でチャイムがなる
　いないよ
　奥の部屋で居留守をつかっているよ
と声を出す

昼はベランダに出し夜は部屋に入れる
布団にはいる
おやすみなさい　という
いまのところ言葉は少ししかはなせない
まいにち水やりしなくてはいけないので
よそに泊まれなくなった
かまって欲しくなると
甘えた声を出す
ひとり暮らしなのに声が聞こえる
隣近所で評判になっている
男がいるのかとうわさが広がっている
あと二、三本
もう少し増やしてみるか

出かけています

きのうは女ともだちと買い物に
バカなものを買ったといつものように後悔して
こんな服誰が着るの　わたししかいない
おとといはパン屋で
明太フランスパン新作の納豆パンも買って
こんなに買って誰が食べるの　わたししかいない
パン屋のポイントためて昔型のトースターもらいたい

着るものたくさんパンももちろん
夫の骨は押し入れのつぼの中

しまったままで　なにもしてやらない

待っている
明日か　もっとずっと先かもしれない
押し入れの骨を取り出し
しゃぶっていると声が聞こえる
待っていたっておれは迎えにいかない
おまえはおれがこっちへくるときそばにいなかった
誰のところにいたんだ
ひとりで来るんだこころぼそいぞ
こっちで待っている

これで安心どこへでも行ける
たまったポイント持って昔型のトースターに代えにいき
ヒラヒラキラキラの服をとっかえひっかえ
出かける　別の待つひとのところへ
家に電話してもいないからね

どくだみ

夫が寝たきりになって三年たった
隣の家との境にどくだみが
抜いても抜いてもはびこり
家のなかにも伸びてきた
寝ている夫のからだからも生えてきて
抜くのに忙しい
仕事にいけなくなった
どくだみ茶は血をさらさらにしてからだにいい
もったいないから
夫のからだから引き抜いてはお茶にしている
干してこまかく切ってフライパンで煎って

飲むと夫のかおりがかすかにする
夫はいう
　こんなからだになっても
　おまえの役にたててうれしい

どくだみにすっかり養分を吸いとられ
しぼんでしまった夫
仕事にいけず家にばかりいたので
わたしのからだからもどくだみが生えてきた
抜いてお茶にして飲んでいる
太りすぎのからだが
どんどんスマートになっていく
単身赴任の息子が帰ってきた
玄関のドアをあける
家中びっしりどくだみが
　おかあさーん
どくだみがゆれる

除草

早起きして庭の草取りをした
家に根を張るものはいらない
それからはすることがない
ずっと横になっている
からだのあちこちからひげ根が伸びてきて
階段をつたって二階まで
仕事をしていると庭が草ぼうぼう
失業するとからだから草ぼうぼう
出入り口までふさいでしまった
出るものは吐息ばかり

入ってくるものはない
ガラス窓もおおってしまって
あたりの様子がわからなくなった
わからなくてもかまやしない
そうじ屋さんがきて
一日三万円でどうかという
天井や壁には仕事をしているときの油分がべっとり
草ぼうぼうのうえに高脂血症だって
動かなくては
二階建てを背負って失業手当てをもらいにいく
ハローワークで受付けの人が
手当てはだせません　という
草取りをしてきれいなからだになって
出直してください
家に根を張るものはいらない
除草剤をからだに塗りたくる
もう男の手も触りはしない

さくりゃく

仕事をやめた
夫も亡くなったので未亡人でいく
いろけ
くいけ
おかね
じかん
主婦よりも割がいい
もっとしおしお歩きなよ
触れたら落ちるからね
っていったら

またうそばっかと友だちは笑う
親はなんども殺してきたし
男をとっかえひっかえしたとか
出たくない会合にはいいわけじょうず
うそばかりついてきた
これからは本音でいく
と　また自分にうそをつく

タガ

きのうはあわてて
左右ちがう靴をはいて出て
数字はいつも写しまちがえて
会計のタカガイさんにめいわくをかけて

うそはよくついて
盗んできたもの多数　菓子　靴下　書類　本　夫
食べすぎては高脂血症
つまらないことできょうだいげんかをして
もっと身をよじるようなことをしたかったな

退職した
どこで何をしてもいいのだから
勤め人とちがうことをしなければ
もっと大きなことをしなければ
それなのにひとりの昼間ボソボソご飯を食べている
こうなったら自動車にでも轢かれたほうがいいのではないか
わたしの破片がばらばら
ふるさとの佐野桶店のおじさんまだ生きているか
きっちりタガを締めなおしてもらいたいのだが
おじさん　わたしは
店先でいつも遊んでいためがねをかけた女の子ですよ

皿

うっかり
皿を割った
なん枚も割った
まつわる思い出が
くだける
いっしょに買ったひとを
思い出せなくなっていく

ずっと
猫と寝ている

夜中　台所で
皿や茶わんがカタカタいう
猫がパッと身をおこし
耳をそばだてる
　大丈夫　誰もいないよ
　誰もいない
猫の背をなでながらいう

風呂に入る
いなくなったひとが
わたしのからだにまとわりつく
ナイロンタオルで
こすって洗い流す
風呂を出る
台所では
新しい皿に
もうひびが入っている

天気予報

きのうは晴天空っ風がふき
電話でセールスマンが
奥さん　マンション買いませんか墓石買いませんか
夫買いませんか
包丁研ぎのうまい夫片づけ好きな夫
きょうの天気は　なんていう夫

昔ＮＨＫ夜七時前の天気予報のおじさんは
画面の片側からぶらっと一歩出てきて話はじめる
ぶらっと出てくるところよかったな

実直そうな天気予報のおじさん
わたしの夫になってくれませんか
出かけるときには
傘持って行け　コートを着ろ　一枚脱げとか
しつこくいうだろう
あんたが死ぬ日の天気は　といってくれるかな

ホントのことをいうとわたしは夫を
押し入れに入れたままにしている
いってらっしゃい　きょうの天気は
なんていわないので
押し入れにいること忘れていく
なかは暑くもなく寒くもない
いつも同じ天気で静かで

男が遊びにくる
雨男ではないのにかならず雨がふる

天気予報はあてにならない
そんな日は押し入れのなかで
カタカタとかすかに音がする

ニャン吉の場合

ニャン吉は利口な雄猫だった
窓の鍵を前足でおろし
ガラス戸を開けベランダへ出られる
そんなに利口だとは思っていなかったから
去勢しちゃってかわいそうなことをした
利口なイデンシは残しておけばよかった
わたしの息子は利口なイデンシを持っているとは思えない
猫に負けるなんて

去勢してもニャン吉は外へ出たがった

家中おしっこをまき散らす
奥さん　女性ホルモンの注射を打ちましょう
獣医さん　ホルモン注射すれば雌化して
なわばりが欲しくなくなるの
男の人に女性ホルモン打てば
オレが　オレがというなわばり争いはなくなるの

おしっこのあまりの臭さに
外へ出すようになる
傷だらけ泥だらけになって帰ってくる
ついには帰らなくなった
かわりに女の子にふられた息子が帰ってきた
部屋にこもってニャンニャン泣いている
わたしもいっしょにもらい泣き
そのうち帰ってこなくなるのでは
利口じゃないイデンシはどうなるの

息子は家にいると臭くはないのだけれど何か匂う
ニャン吉は利口だった
去勢しなければよかった
そうすれば近所の野良猫のボスになって
利口な猫を
うじゃうじゃ生ませていたかもしれなかった
利口なイデンシで
わたしもうじゃうじゃ子どもを生みたかった

冷蔵庫

ひとり暮らしのうめさんは
虎の子を隠している
銀行なんて信じられない
身内はもってのほか
新聞紙にくるんで冷蔵庫
ドロボウがきても火事でも平気
自分も冷蔵庫のなかへ
座布団もってちんまりしている
こうすりゃいつも新鮮いつも虎の子といっしょ
それがね　隠したこと忘れて

冷蔵庫のなかにいるのも忘れてしまって
干からびてもなお
孫娘が久しぶりに来る
冷蔵庫を開ける
新聞紙にくるんだものを見つける
ラッキーともっていく
そばには梅干しみたいなものがひとつ

袋

（猫をかんぶくろに押し込んで）
押し込まなくたって
ひとりで入ってくる
そんなに袋がいいのかいと聞けば
見上げてニャンとなく

夕方になると洗濯物を取りこみ
部屋のあかりをつける
ひとりでご飯を食べたあと
からだを裏返しする

おいなりさんの袋を裏返す要領で
わたしの袋のなかに
まるまってすっぽり入る
ウトウトする

たたみの上に球体がひとつ
息子が帰ってきて
（ポンとけりゃ　ニャンとなく）

新聞紙

いちにちを引き裂く
細長い短冊になって
新聞紙がひと山
猫がきて用をたす
戦争が株式市況が星取表が
ごちゃごちゃにまじりあって
におってくる

この夏は女友だちとでかける
のんきにしゃべりあって

カルタゴの遺跡　ローマの水道橋
サハラ砂漠で夫の骨を少しまいて
わたしの夏は終わる

それでも爆弾が破裂して
あらたに遺跡がつくられている
つぎに株が乱高下して
友だちの顔を赤くしたり青くしたり
あいかわらず相撲がはじまり

誰もいないわたしの夜は
新聞紙を引き裂くこと
猫は用をたすこと
おやすみ　おやすみ

あとがき

仕事を辞めた。四十年近く働いてきて、身についたものは早寝早起き早食いだった。これからは遅寝遅起き遅食いにする。

仕事をしているあいだに、家族が増えて減って振りだしに戻り、いまやサンデーまいにちで猫に可愛がられている。何かいいことないかと猫に話しかけたら、私を見上げてニャーと答える。

長嶋南子　ながしま　みなこ

詩集

『あんパン日記』（一九九七・夢人館）
『ちょっと食べすぎ』（二〇〇〇・夢人館）
『シャカシャカ』（二〇〇三・夢人館）　――ほか

現住所

〒一二一―〇〇六二　東京都足立区南花畑一―一六―三四

猫《ねこ》笑《わら》う

著者
長嶋南子《ながしまみなこ》
発行者
小田久郎
発行所
株式会社思潮社
〒一六二―〇八四二　東京都新宿区市谷砂土原町三―十五
電話〇三（三二六七）八一五三（営業）・八一四一（編集）
ＦＡＸ〇三（三二六七）八一四二
印刷
三報社印刷株式会社
製本
株式会社川島製本所
発行日
二〇〇九年九月二十八日